CHOS
CO
LAT

Des mêmes auteurs à *l'école des loisirs*

Collection Moucheron

La série *Oscar et Carrosse*

La soupe de pâtes

La fête foraine

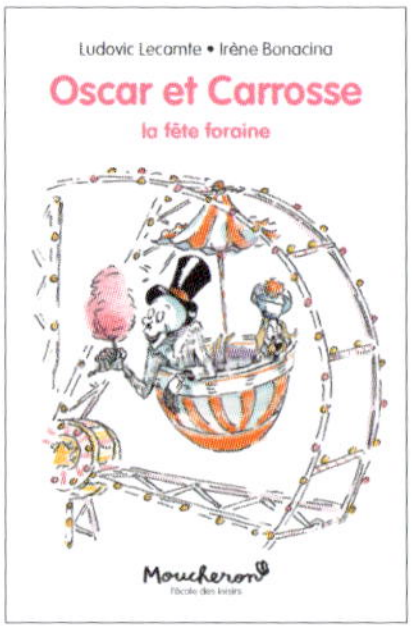

Loi n° 49.956 du 16 juillet 1949 sur les publications destinées à la jeunesse : octobre 2021
Dépôt légal : octobre 2021
Imprimé en France par Gibert Clarey Imprimeurs à Chambray-lès-Tours (37)

ISBN 978-2-211-31235-6

Ludovic Lecomte • Irène Bonacina

Oscar et Carrosse

quel cirque !

Moucheron

l'école des loisirs

11, rue de Sèvres, Paris 6e

Oscar est de mauvaise
humeur !
Il en a marre de tout ce bazar,
il en a assez de cette pagaille !

Les savates qui ne sont pas
à leur place : ça l'agace !
Le plancher plein de taches :
ça le fâche !

Les poils de Carrosse par terre : ça le met en colère ! Les papiers de bonbon sur le paillasson : ça le rend grognon !

Il laisse un mot pour Carrosse
qui dort encore…

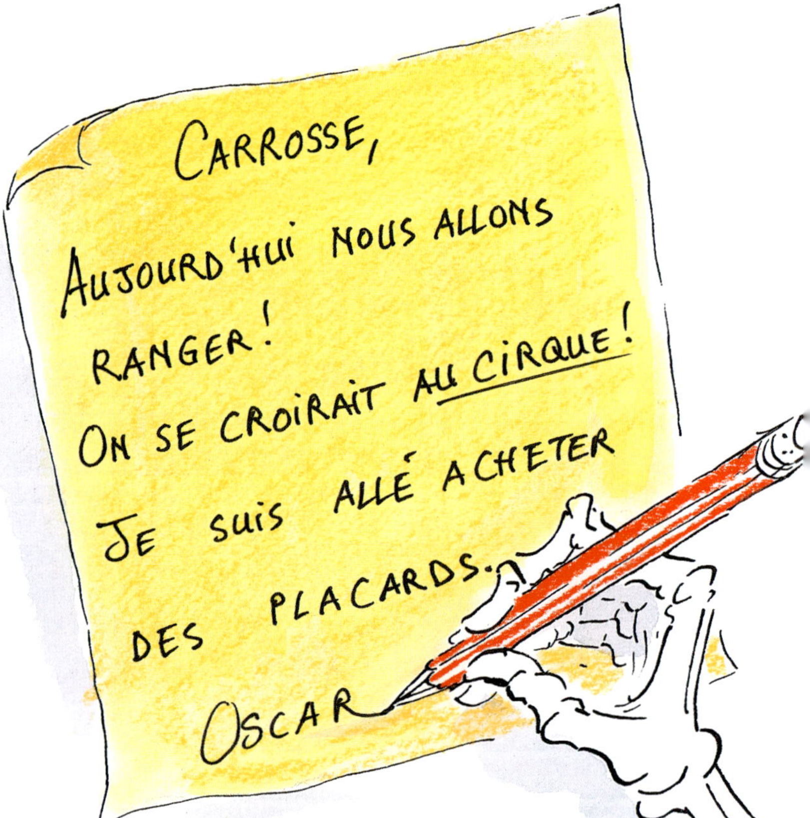

et sort en claquant la porte.

Carrosse sursaute : Oscar est parti ?

Il se lève d’un bond, roule sur son ballon, trébuche sur le diabolo,

bouscule la table et renverse
tous les pots.

La confiture dégouline
Le message d'Oscar est tout taché.

Carrosse le lèche, ouf,
les mots ne sont pas tous
effacés !

Carrosse lit :
AU… JOUR… D'HUI…
NOUS… AL… LONS…
AU… CIR… QUE !
Au cirque ? Aujourd'hui ?

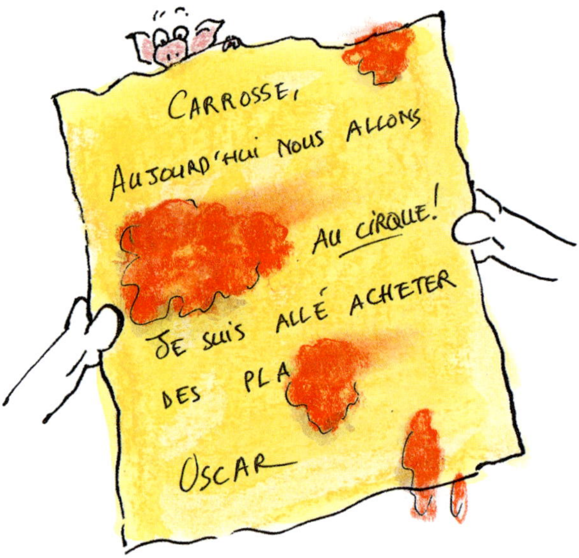

Carrosse continue :
JE... SUIS... AL... LÉ...
A... CHE... TER... DES... PLA...
Des places !
Voilà ce que la confiture cach   !
pense Carrosse.

Quelle bonne nouvelle !
Carrosse est tout heureux,
il rêve d'aller au cirque
depuis si longtemps !

Il veut admirer des acrobates
et des dompteurs,
applaudir des funambules et
des jongleurs.
Peut-être qu'il y aura des lions
et des éléphants ?

Il est tellement content qu'il enfile la veste à carreaux de son ami, son chapeau rond et ses chaussures vernies.

« Petits et Grands, voici le
fabuleux Carrosse,
le chien qui marche sur un
balai-brosse ! »
Mais…

Le balai renverse les bols
pour le potage,
il fait voler la poire et le
fromage,

et la passoire retombe...

sur la tête d'Oscar.

« Qu'est-ce que c'est que ce cirque ? » gronde Oscar.
« Oh oui ! Je suis prêt ! On y va ? Au cirque ! Au cirque ! »

« Quel cirque ? Mais c’est
ici le cirque ! Regarde notre
roulotte ! »

« Les fourchettes sont
mélangées avec les culottes.
Les chaussettes sont rangées
avec les compotes. »

« Ce désordre me court sur
le haricot », rugit le squelette.
« Il faut tout ranger, illico ! »

Pour les deux amis,
la journée passe vite.

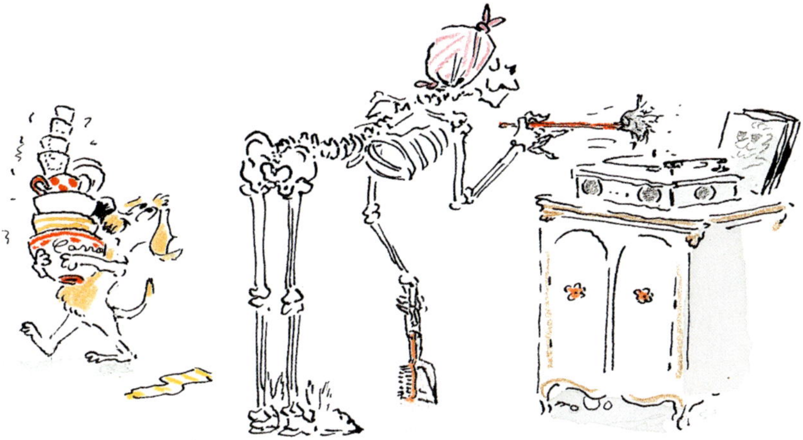

Le soir, la roulotte est rangée
et nettoyée.
Tout est propre et bien classé.

Plus de chocolat dans les
poches de manteau.
Plus de confiture dans le
lavabo.
Plus de chapeau dans le frigo.

Oscar est content, mais
Carrosse est tout triste.

Il tend le petit papier plein de taches :
« Mais on ne va pas au cirque ? Tu n'as pas acheté de places ? »

Oscar comprend : le message est taché et Carrosse n'a pas tout lu.
« Tu aimes le cirque et tu as cru… »
« … que tu allais m'y emmener », dit Carrosse.

Oscar a une idée !

Le lendemain, Carrosse prépare le petit déjeuner : une grande tasse de café et du beurre sur les tartines. Et pour Oscar sa confiture préférée : carottes-clémentines.

Oscar entre dans la roulotte :
« Grands et Petits, voici le
célèbre Oscar, qui fait de la
magie, avec son chapeau noir ! »

« Regardez bien au fond,
il n'y a rien ! »

« Abracadabr'os…

Voilà deux places de cirque
pour Oscar et Carrosse ! »

La joie fait sauter le petit chien,
le plateau, la cafetière, le bol,
la tasse et les tartines de pain.

«Ooooooh…»

« Bravo, Oscar ! Quel tour ! Avec toi, c'est le cirque tous les jours ! »

ENTRÉE